DRESSLER

Claudia Kittel ist Diplom-Erziehungswissenschaftlerin und leitet die Monitoring-Stelle UN-Kinderrechtskonvention des Deutschen Instituts für Menschenrechte in Berlin. Dort prüft sie mit ihrem Team die Umsetzung der Kinderrechte in Deutschland und berät u.a. Politik, Behörden und Schulen. Besonders wichtig sind ihr die Beteiligungsrechte, daher haben auch bei der Erarbeitung dieses Buches Kinder und Jugendliche, mit denen sie im Rahmen ihrer Arbeit im Austausch stand, Anregungen, Feedback sowie eigene Texte beigetragen.

KNOW YOUR RIGHTS

Klartext über
die Rechte von Kindern
und Jugendlichen

Claudia Kittel

Dressler Verlag · Hamburg

Klimaneutral
Druckprodukt
ClimatePartner.com/53248-2011-1002

Dieses Buch wurde klimaneutral produziert. Dadurch fördern wir anerkannte Nachhaltigkeitsprojekte auf der ganzen Welt. Erfahre mehr über die Projekte, die wir unterstützen, und begleite uns auf unserem Weg unter www.oetinger.de.

FSC www.fsc.org
MIX
Papier aus verantwortungsvollen Quellen
FSC® C014496

Originalausgabe
1. Auflage

Satz: Arnold & Domnick, Leipzig
Druck und Bindung: GGP Media GmbH, Karl-Marx-Straße 24, 07381 Pößneck, Deutschland
Printed 2022

ISBN 978-3-7513-0045-2
www.dressler-verlag.de

Inhalt

Vorwort 7

Kinderrechte sind Menschenrechte! 9

Aller guten Dinge sind drei! – Die Etappen zu deinen Rechten 17

Know Your Rights! Was steht in der UN-Kinderrechtskonvention? 25

Theorie vs. Praxis: Die Verwirklichung der Kinderrechte 48

Regelmäßige Check-up's: Die UN-Kinderrechtskonvention in Deutschland 54

Einsatz für Kinderrechte! Aber wie? 63

Danke! 72

Linkliste und Quellenverzeichnis 73

I Know My Rights 79

Vorwort

Luisa Neubauer

Als ich klein war, dachte ich, dass wir Kinder so etwas wie Gäste wären. Ich dachte, wir wären Gäste in einer Welt der Erwachsenen. Und dass wir Kinder geduldig warten müssten, bis wir alt genug wären, um so richtig mitzumachen. Es gab viel, wofür ich lang nicht »alt genug« war. Ich war nicht alt genug, um zu verstehen, wie Politik funktioniert, oder warum Erwachsene sagen, wir sollen Müll nicht auf die Straße werfen, und es dann doch selbst tun.

Damals kam es mir so vor, als hätten wir mit den Erwachsenen eine stille Vereinbarung getroffen. Dass wir, wenn wir schon selbst noch nicht so richtig mitreden dürften, uns darauf verlassen könnten, dass die Erwachsenen sich kümmern würden. Und wenn sich die Erwachsenen schon um alles kümmerten, dann doch auch um unsere Zukunft. Oder?

Ich wünschte, mir hätte jemand Bescheid gegeben. Ich wünschte, jemand hätte mir gesagt, dass wir gar keine Gäste sind. Sondern dass die Welt auch unsere ist. Und dass wir ein Recht darauf haben, die Welt zu verstehen, sie zu beleben, sie zu unserem Zuhause zu machen. Ich wusste einfach nicht, dass ich mit 12 Jahren die gleichen Rechte habe, wie meine Mutter mit ihren 52 Jahren. Und ich wusste auch nicht, dass die Erwachsenen mir zwar sagen würden, keinen Unfug anzurichten, aber selbst ganz schön viel Unfug veranstalten.

Aber: Es könnte – nein, es *kann* alles anders sein. Denn Kinder haben Rechte. *Du* hast Rechte! Und wenn du sie kennst, kannst du sie einfordern. Ich habe spät verstanden, was für eine Macht wir jungen Menschen haben. Dass wir die Macht haben, für unsere Rechte einzustehen, dass wir laut werden können und dass wir die Welt – unsere Welt – verändern können. Aber es geht! Heute kennt jedes Kind die Bilder von den jungen Menschen, die überall auf der Welt auf die Straße gehen. Diese Bilder sind mehr als Beweise, dass wir unsere Zukunft und unsere Rechte verteidigen können. Diese Bilder sollen Trost spenden und bestärken. Sie sollen ermutigen und sie sollen dich daran erinnern, dass du auf dieser Welt nicht zu Gast bist.

Warte nicht, bis du eingeladen wirst, diese Welt zu gestalten. Leg los und lass dich nicht aufhalten!

Luisa

Kinderrechte sind Menschenrechte!

»Alle Menschen sind frei und gleich an Würde und Rechten geboren. Sie sind mit Vernunft und Gewissen begabt und sollen einander im Geist der Solidarität begegnen.«

So steht es in Artikel 1 der Allgemeinen Erklärung der Menschenrechte (AEMR), die von den Vereinten Nationen (United Nations, kurz: UN) am 10. Dezember 1948 verabschiedet wurde. Sie ist das meistübersetzte Dokument der Welt. In über 500 Sprachen kann man die Menschenrechte lesen, es gibt sogar eine Version in Brailleschrift (Blindenschrift).

Vielleicht fragst du dich jetzt, warum ein Buch über Kinder- und Jugendrechte mit der Allgemeinen Erklärung der Menschenrechte beginnt? Sie stellt das Fundament für die Rechte dar, die in der UN-Kinderrechtskonvention genauer ausformuliert wurden. Eben mit einem besonderen Blick auf Kinder- und Jugendliche. Die Prinzipien, die für die Menschenrechte gelten, gelten also auch für die Rechte von Kindern und Jugendlichen in der UN-Kinderrechtskonvention.

Am 10. Dezember wird weltweit der Tag der Menschenrechte gefeiert.

Die internationalen Tage und Jahre werden von der Generalversammlung der UN beschlossen. Sie sollen die Aufmerksamkeit auf wichtige Themen oder Problemlagen von Menschen weltweit lenken.

Was die Menschenrechte ausmacht

Auf der zweiten Weltkonferenz über Menschenrechte, die 1993 in Wien stattfand, wurde von den Vereinten Nationen eine Erklärung verfasst, die sogenannte »Wiener Erklärung«. Hier werden drei Prinzipien benannt, die beschreiben, was die Menschenrechte ausmacht:

Die Prinzipien der Menschenrechte

1. *Menschenrechte sind unveräußerlich.*

Sie sind Rechte, die ich nicht verlieren kann, da sie schlichtweg an die Tatsache geknüpft sind, Mensch zu sein. Man muss sie sich auch nicht erst »verdienen« oder sie von jemandem »zugestanden« bekommen.

2. *Menschenrechte sind universell.*

Sie gelten für alle Menschen weltweit, ohne Unterschiede oder zeitliche Begrenzung.

3. *Menschenrechte sind unteilbar.*

Sie bedingen einander und sind eng miteinander verknüpft.

Und ganz wichtig:
Kein Recht ist wichtiger als das andere.
(vgl. Kompass 2020, S. 428)

Diese Prinzipien stecken hinter Artikel 1 der Allgemeinen Erklärung der Menschenrechte. Sie anzuerkennen bedeutet anzuerkennen, dass jeder Mensch Träger der Menschenrechte ist – und eben auch jedes Kind und jede:r Jugendliche!

Warum extra Rechte für Kinder und Jugendliche?

Nun könnte man sich fragen, warum es denn überhaupt noch eine UN-Kinderrechtskonvention gibt, wenn die Allgemeine Erklärung der Menschenrechte doch für alle gilt.

Eine Antwort auf diese Frage liegt in der Form begründet.

Die Allgemeine Erklärung der Menschenrechte ist – wie der Name schon sagt – eben eine *Erklärung*. Die UN-Kinderrechtskonvention hingegen ist ein völkerrechtlicher *Vertrag*, den die Regierung für den ganzen Staat unterzeichnet. Mit dieser Unterzeichnung geht der Staat eine Pflicht ein. Das ist sehr viel konkreter.

Eine weitere Antwort liegt darin, dass man innerhalb der Vereinten Nationen schon bald bemerkt hatte, dass Kindern und Jugendlichen der Zugang zu ihren Rechten oft nur »indirekt« möglich ist. Wenn es beispielsweise darum geht, sich gegen staatliche Maßnahmen zu wehren, dann sind sie auf Erwachsene angewiesen – ihre Eltern oder andere für ihre Erziehung verantwortliche Personen –, die das in ihrem Namen für sie machen. Mit gutem Grund, denn Kinder und Jugendliche sind schließlich keine Erwachsenen und sollen auch noch einen besonderen Schutz genießen. Das wiederum führt aber nicht selten dazu, dass die Erwachsenen alles unter sich ausmachen und die Kinder und Jugendlichen gar nicht nach ihrer Meinung gefragt werden. Damit bleibt ihre Sichtweise außen vor. Und genau hier setzt die UN-Kinderrechtskonvention an: Sie betont die Bedeutung von Kindern und Jugendlichen, die von den Staaten als eigenständige, unmittelbare Träger*innen von Rechten ernst und wahrgenommen werden sollen, und zwar bei allen Maßnahmen, die sie betreffen.

Do's and Dont's für die Staaten: Die Menschenrechtsverträge

Neben den Rechten für Kinder und Jugendliche hat die UN noch weitere spezielle Menschenrechtsverträge verabschiedet, die genauere Regeln für die Staaten aufstellen. Von manchen Menschenrechtsverträgen haben viele schon mal gehört, zum Beispiel von der sogenannten »Antifolterkonvention«. Andere sind nicht so bekannt, wie etwa die noch recht junge »Konvention zum Schutz aller Personen vor dem Verschwindenlassen«, die die Rechte von Menschen und deren Angehörigen benennt, die durch staatliche Bedienstete oder mit Duldung von Staaten beispielsweise entführt oder ihrer Freiheit beraubt werden und deren Verbleib für die Angehörigen verschleiert wird.

Wenn wir die Allgemeine Erklärung der Menschenrechte also als Fundament für den internationalen Menschenrechtsschutz sehen, ist jeder Menschenrechtsvertrag, wie zum Beispiel die UN-Kinderrechtskonvention, ein weiterer Stein für das Gebäude des Menschenrechtsschutzes.

Die neun Menschenrechtsverträge der UN

1. Internationaler Pakt über bürgerliche und politische Rechte (Zivilpakt, ICCPR) von 1966
2. Internationaler Pakt über wirtschaftliche, soziale und kulturelle Rechte (Sozialpakt, ICESCR) von 1966
3. Internationales Übereinkommen zur Beseitigung jeder Form von rassistischer Diskriminierung (ICERD) von 1965
4. Übereinkommen zur Beseitigung jeder Form von Diskriminierung der Frau (CEDAW) von 1979
5. Übereinkommen gegen Folter und andere grausame, unmenschliche oder erniedrigende Behandlung oder Strafe (CAT) von 1984

6. Übereinkommen über die Rechte des Kindes (CRC) von 1989
7. Internationale Konvention zum Schutz der Rechte aller Wanderarbeitnehmer und ihrer Familienangehörigen (ICMW) von 1990
8. Übereinkommen über die Rechte von Menschen mit Behinderungen (CRPD) von 2006
9. Internationales Übereinkommen zum Schutz aller Personen vor dem Verschwindenlassen (CPED) von 2006

Innerhalb der Vereinten Nationen wird meist nur die hier in Klammern stehende Kurzform der Konvention verwendet. Sie setzt sich aus den Initialen des englischen Titels zusammen, wie beispielsweise CRC (sprich: [si: ar si:]) für Child Rights Convention. Im Deutschen wird analog dazu von der KRK, also der Kinderrechtskonvention, gesprochen.

Bis die Generalversammlung der UN so eine Konvention verabschiedet hat, kann es manchmal Jahre dauern. Schließlich geht es darum, einen Entwurf zu erarbeiten, zu dem es auch international einen Konsens geben kann. Da ist viel Diplomatie gefragt. Ein schönes Beispiel dafür ist der Artikel 1 der UN-Kinderrechtskonvention: »Im Sinne dieses Übereinkommens ist ein Kind jeder Mensch, der das achtzehnte Lebensjahr noch nicht vollendet hat [...].«

Fällt dir was auf? Hier steht nichts darüber, wann die

Kinderrechte beginnen – nur, bis wann sie gelten. Denn hinsichtlich der Frage, ob diese Rechte schon vor der Geburt eines Kindes gelten sollen oder erst danach, konnte damals keine Einigung erzielt werden. Leicht nachzuvollziehen, denn dazu gibt es sehr viele unterschiedliche Haltungen, allein mit Blick auf die unterschiedlichen Religionen weltweit. Und so hat man eine geschickte Formulierung gefunden, um diesen Streitpunkt zu umgehen.

Erst wenn also die Generalversammlung eine Konvention verabschiedet hat, treten anschließend die einzelnen Staaten der Konvention bei. Nicht selten gibt es dann noch die Bedingung, dass erst eine bestimmte Anzahl von Staaten beigetreten sein muss, bevor die Konvention auch völkerrechtlich in Kraft treten, also geltend werden kann. Und dann können wieder Jahre vergehen, bis sie im jeweiligen Land in Kraft tritt. Denn auch dies ist ein Prozess in mehreren Schritten. Im ersten Schritt erfolgt die Unterzeichnung. In einem zweiten Schritt dann die Ratifizierung. Das bedeutet, dass noch das Parlament der Konvention zustimmen bzw. diese anerkennen muss. Erst dann kann die Konvention im jeweiligen Land im dritten Schritt verwirklicht werden.

Die Jahreszahlen hinter den Konventionen oben im Kasten stehen für das Jahr, in dem sie von der UN-Generalversammlung verabschiedet wurden.

Think about it:

Füge andere Worte ein, die du mit den Menschenrechten verbindest.

M
BETEILIGUNG
N
S
C
H
E
N
FREIHEIT
E
CRC
H
UNTEILBAR
E

Aller guten Dinge sind drei! – Die Etappen zu deinen Rechten

Kommen wir noch einmal auf die Frage zurück, warum es nötig war, die Rechte für Kinder und Jugendliche in der UN-Kinderrechtskonvention genauer zu regeln: In den immerhin 41 Jahren, die zwischen der Verabschiedung der AEMR 1948 und der UN-Kinderrechtskonvention 1989 lagen, wurde deutlich, dass Kinder immer wieder von den Staaten bei ihren Maßnahmen und Gesetzen übergangen, lediglich als Anhängsel ihrer Eltern mitgedacht oder ausschließlich als Wesen betrachtet wurden, die besonders zu schützen sind.

Das war nicht ganz untypisch für die Zeit, auch in der Pädagogik. Es gab sogar schon vom Vorläufer der Vereinten Nationen, dem Völkerbund, eine Erklärung zu den Kinderrechten, die 1924 verfasst wurde – die sogenannte »Genfer Erklärung«. Schaut man sich diese an, sieht man schnell, dass die Verfasser*innen hier vor allen Dingen den Schutz von Kindern vor Augen hatten.

Etappe 1: Die »Genfer Erklärung« von 1924 macht erstmals Kinder sichtbar

Folgende Punkte umfasst die Erklärung:

1. Das Kind soll in der Lage sein, sich sowohl in materieller wie in geistiger Hinsicht in natürlicher Weise zu entwickeln.
2. Das hungernde Kind soll genährt werden; das kranke Kind soll gepflegt werden; das zurückgebliebene Kind soll ermuntert werden; das verirrte Kind soll auf den guten Weg geführt werden; das verwaiste und verlassene Kind soll aufgenommen und unterstützt werden.
3. Dem Kind soll in Zeiten der Not zuerst Hilfe zuteilwerden.
4. Das Kind soll in die Lage versetzt werden, seinen Lebensunterhalt zu verdienen, und soll gegen jede Ausbeutung geschützt werden.
5. Das Kind soll in dem Gedanken erzogen werden, seine besten Kräfte in den Dienst seiner Mitmenschen zu stellen.

Dies ging damals einigen Pädagoginnen und Pädagogen nicht weit genug. Die sogenannten Reformpädagog*innen forderten schon Anfang des 20. Jahrhunderts einen anderen Blick auf Kinder – die eben nicht erst als Erwachsene zu Menschen werden, sondern es von Anfang an sind, und bei allen Fragen, die ihr Leben betreffen, einbezogen werden sollten. Einer dieser »Vordenker« war Janusz Korczak, ein polnischer Kinderarzt, der ein Waisenheim in Warschau leitete und als erster Pädagoge in seinem Werk »Wie man ein Kind lieben soll« bereits 1919 »Grundrechte« für Kinder formulierte (Andresen, 2018).

Etappe 2: Die »Erklärung der Rechte des Kindes« nimmt Staaten in die Verantwortung

Es gab auch 1959 schon einmal eine »Erklärung der Rechte des Kindes« der Vereinten Nationen, die ebenfalls noch sehr vom Schutzgedanken geprägt war.

Aber erst nachdem die Vereinten Nationen 1979 das Jahr der Kinderrechte ausgerufen hatten, wurde eine Arbeitsgruppe eingerichtet, die zehn (!) Jahre lang den Entwurf für das »Übereinkommen über die Rechte des Kindes« verfasste, die die Erklärung dann abgelöst hat.

Hier wurde viel gestritten und diskutiert, und es waren sogar einige Kinderrechtsorganisationen mit dabei, die den Ausschuss der Vereinten Nationen bei der Erstellung des Entwurfes der UN-Kinderrechtskonvention unterstützten.

Etappe 3: Die UN-Kinderrechtskonvention gibt erstmals Kindern eine Stimme

Die am 20. November 1989 von der Generalversammlung verabschiedete UN-Kinderrechtskonvention war dann ein wirklich bahnbrechender Schritt, denn hier wurden neben den Schutz- und Förderrechten von Kindern erstmalig auch deren Beteiligungsrechte festgeschrieben. Dieser Ansatz unterscheidet die UN-Kinderrechtskonvention deutlich von ihren Vorläufern. Kurz zusammengefasst kann man – angelehnt an den Slogan, den Menschen mit Behinderungen im Zuge der Entstehung der UN-Behindertenrechtskonvention geprägt haben – sagen: »Nichts für oder über Kinder ohne Kinder.« (Kittel 2020, S. 26).

Dieser Grundsatz spiegelt sich besonders in Artikel 3 der UN-Kinderrechtskonvention wider. Der nämlich besagt, dass bei allen Entscheidungen, die Kinder und Jugendliche betreffen, das Kindeswohl (»best interests of the child«) im Vordergrund stehen soll. Also in anderen Worten: Weil Kinder so häufig von den Staaten übersehen bzw. nicht berücksichtigt wurden, fordert die UN-Kinderrechtskonvention, diese ausdrücklich – nämlich vor allen anderen – zu berücksichtigen.

Es gibt auch einen internationalen Kindertag. Dieser wird weltweit am 20. November gefeiert, dem Jahrestag der Verabschiedung der UN-Kinderrechtskonvention durch die Generalversammlung der Vereinten Nationen. In Deutschland werden von vielen Kinderrechtsorganisationen auch der 01. Juni und der 20. September als Kindertag gefeiert. Auf www.kindersache.de kannst du mehr darüber erfahren, warum es in Deutschland sogar mehrere Kindertage gibt.

Da fehlt noch was: Zusatzprotokolle

Nachdem die UN-Kinderrechtskonvention 1989 von der Generalversammlung der Vereinten Nationen verabschiedet wurde, hat man schon bald gemerkt, dass hier noch Dinge fehlten oder den Staaten nach einiger Zeit nicht mehr weit genug gingen. Glücklicherweise gibt es die Möglichkeit, ein solches Vertragswerk fortzuschreiben. Man nennt diese Ergänzungen »Zusatzprotokolle« oder »Fakultativprotokolle«. Zur UN-Kinderrechtskonvention gibt es drei solcher Zusatzprotokolle:

1. Das erste Zusatzprotokoll von 2000 regelt die Beteiligung von Kindern an bewaffneten Konflikten, behandelt also die Situation von sogenannten »Kindersoldat*innen«.
2. Das zweite Zusatzprotokoll von 2000 soll Kinder vor Verkauf, Kinderprostitution und Kinderpornografie schützen.
3. Das dritte Zusatzprotokoll hat die UN-Generalversammlung im November 2011 verabschiedet. Es ermöglicht ein Individualbeschwerdeverfahren für Kinder, also die Möglichkeit, dich als Kind oder Jugendliche:r mit einer Beschwerde über die Verletzung deiner Rechte durch den Staat an die Vereinten Nationen zu wenden.

Die Staaten müssen bzw. können dann frei entscheiden, ob sie dem jeweiligen Zusatzprotokoll auch noch beitreten, also dieses ratifizieren wollen, oder nicht. Der schon unterschriebene Vertrag zur UN-Kinderrechtskonvention wird also nicht einfach verändert, sondern es wird ein zusätzlicher Vertrag geschlossen.

Für wen gelten die Kinderrechte?

Begründet durch die Übersetzung des Wortes *child* oder *children* aus dem englischen Original des Textes wird in der deutschen Übersetzung das Wort »Kind« benutzt.

Die in der UN-Kinderrechtskonvention festgeschriebenen Rechte gelten gemäß Artikel 1 UN-KRK für jeden Menschen »der das achtzehnte Lebensjahr noch nicht vollendet hat«. Weder »Kinder« noch »Kinder und Jugendliche« trifft es also ganz genau in der Übersetzung ins Deutsche. Zumindest in Deutschland gelten ja auch über 18-jährige junge Volljährige bis 26 Jahre noch als jugendlich; also Menschen, die rein rechtlich keine Kinder mehr sind. In diesem Text haben wir uns aber dafür entschieden, dennoch von Kindern und Jugendlichen zu sprechen, und meinen damit immer alle Menschen unter 18 Jahren.

Das Wort *alle* muss hier besonders betont werden. Denn für die Kinderrechte gilt, was für alle Menschenrechte gilt: Sie sind an die schlichte Tatsache des Menschseins gebunden. Und dabei dürfen Kinder nicht benachteiligt werden, auch dann nicht, wenn bereits ihre Eltern benachteiligt sind oder werden. Das ist so in Artikel 2 der UN-Kinderrechtskonvention auch ausdrücklich benannt.

Artikel 2 Absatz 1 UN-KRK

»Die Vertragsstaaten achten die in diesem Übereinkommen festgelegten Rechte und gewährleisten sie jedem ihrer Hoheitsgewalt unterstehenden Kind ohne jede Diskriminierung unabhängig [...] der Hautfarbe, dem Geschlecht, der Sprache, der Religion, der politischen oder sonstigen Anschauung, der nationalen, ethnischen oder sozialen Herkunft, des Vermögens, einer Behinderung, der Geburt oder des sonstigen Status des Kindes, seiner Eltern oder seines Vormundes.«

Think about it:

Hier gibt es keine richtigen oder falschen Antworten, es geht nur darum, allein oder zu zweit über diese Fragen nachzudenken:

- Wann bezeichnest du einen Menschen als Kind?
- Wann bezeichnest du einen Menschen als Jugendliche*n?
- Was sind, deiner Meinung nach, die wichtigsten Unterscheidungsmerkmale?

  Du kannst sie hier gleich notieren:

Kind	Jugendliche:r

- Und wann ist dann ein Mensch nicht mehr jugendlich, sondern erwachsen?

Know Your Rights! Was steht in der UN-Kinderrechtskonvention?

Die amtliche Übersetzung der Konvention besteht aus der sogenannten Präambel, einer Art Vorwort, und ganzen 54 Artikeln! Sie ist also nicht gerade kurz und in der amtlich übersetzten Version auch wirklich nicht leicht zu verstehen. Falls du es versuchen willst, findest du den Link in den Quellen. Es ist auf jeden Fall spannend, mal zu sehen, wie so ein internationaler Vertragstext geschrieben ist. Im nächsten Kapitel gibt es aber auch eine »Titelsammlung« aller Einzelbestimmungen als Kurzfassung (siehe Seite 28).

Schauen wir uns zuerst die einzelnen Teile der UN-Kinderrechtskonvention mal genauer an:

Warum das Ganze? Die Präambel

In der Präambel wird noch einmal der Bezug zur Allgemeinen Erklärung der Menschenrechte hergestellt, und dann wird genauer erklärt, warum man noch eine eigene Konvention für Kinder und Jugendliche verfasst hat.

Interessant ist zum Beispiel der Hinweis, dass alle Kinder und Jugendlichen »im Geist des Friedens, der Würde, der Toleranz, der Freiheit, der Gleichheit und der Solidarität erzogen werden sollen« und »in einer Familie umgeben von Glück, Liebe und Verständnis aufwachsen sollen«. Große Ziele.

Name it! Die Kinderrechte im Einzelnen

In Teil I geht es endlich zur Sache: Er umfasst die Artikel 1 bis 41 mit den sogenannten Einzelbestimmungen. Da findet man sämtliche Rechte von Kindern, angefangen bei der Bestimmung, wer eigentlich alles als »Kind« gilt (Artikel 1), über das Recht auf einen Namen (Artikel 7), das Recht auf Umgang mit beiden Elternteilen (Artikel 9), das Recht auf Privatsphäre (Artikel 16) bis hin zum Recht auf Bildung (Artikel 28) und dem besonderen Schutz von Kindern und Jugendlichen vor sexuellem Missbrauch (Artikel 34). Außerdem wird hier klargestellt: Wenn Staaten bereits Gesetze haben, die noch besser sind als die Regelungen der Konvention, gelten diese Gesetze weiterhin, wenn man der Konvention beitritt (Artikel 41).

Do it! Die Kontrolle der Staaten

Was nützen all die schönen Bestimmungen, wenn sich keiner dran hält? Richtig, nichts. Deshalb gibt es Teil II mit den Artikeln 42 bis 45, den sogenannten »Durchsetzungsinstrumentarien«. Damit sind so Dinge gemeint wie die Verpflichtung der Vertragsstaaten, die Kinderrechte bekannt zu machen (Artikel 42) und den Vereinten Nationen in regelmäßigen Abständen über ihr Vorankommen bei der Umsetzung der UN-Kinderrechtskonvention zu berichten, sich also dabei überprüfen zu lassen (Artikel 44).

Sign it! Wie der Vertrag geschlossen wird

Teil III mit den Artikeln 46 bis 54 sind die sogenannten »Schlussbestimmungen«. Hier wird das Drumherum festgelegt, zum Beispiel, dass erst 20 Staaten der Konvention beigetreten sein müssen, bevor sie in Kraft treten kann (Artikel 49), und wo die von der Vertreterin bzw. dem Vertreter des Staates unterschriebene Version der Konvention hinterlegt werden soll (Artikel 54).

Let's talk about Facts! Deine Rechte

Werfen wir nun noch einmal einen genaueren Blick auf Teil I der Konvention . Dieser enthält in den Artikeln 1 bis 41 deine konkreten Rechte. Damit du dich nicht umständlich durch den Paragrafendschungel der amtlichen Version kämpfen musst, gibt es verschiedene Kurzversionen auch in kindgerechter Form für verschiedene Altersgruppen. Oder aber du wirfst einen Blick in eine – mehr oder weniger – Inhaltsangabe, wie zum Beispiel diese von der Monitoring-Stelle UN-Kinderrechtskonvention des Deutschen Instituts für Menschenrechte. Hiermit kannst du dir einen guten Überblick verschaffen:

UN-Kinderrechtskonvention in Kurzform

Art. 1 UN-KRK: Rechte für alle Menschen unter 18 Jahren

Art. 2 UN-KRK: Recht auf Nichtdiskriminierung

Art. 3 UN-KRK: Recht auf vorrangige Berücksichtigung des Kindeswohls *(best interests of the child)*

Art. 4 UN-KRK: Recht auf Verwirklichung der Kinderrechte durch staatliches Handeln

Art. 5 UN-KRK: Erziehungsverantwortung von Eltern

Art. 6 UN-KRK: Recht auf Leben und Entwicklung

Art. 7 UN-KRK: Recht auf Geburtenregistrierung, einen Namen und eine Staatsangehörigkeit

Art. 8 UN-KRK: Recht auf Schutz und Achtung der Identität

Art. 9 UN-KRK: Recht auf Umgang mit beiden Eltern

Art. 10 UN-KRK: Recht auf Familienzusammenführung

Art. 11 UN-KRK: Recht auf Schutz vor rechtswidriger Verbringung ins Ausland

Art. 12 UN-KRK: Recht auf Gehör und Berücksichtigung der Meinung des Kindes (Beteiligung)

Art. 13 UN-KRK: Recht auf freie Meinungsbildung und Meinungsäußerung

Art. 14 UN-KRK: Recht auf Gedanken-, Gewissens- und Religionsfreiheit

Art. 15 UN-KRK: Recht auf Vereinigungs- und Versammlungsfreiheit

Art. 16 UN-KRK: Recht auf Schutz der Privatsphäre

Art. 17 UN-KRK: Recht auf kindgerechten Zugang zu Medien und Information
Art. 18 UN-KRK: Recht auf Unterstützung der Eltern
Art. 19 UN-KRK: Recht auf Schutz vor Gewalt, Misshandlung und Missbrauch
Art. 20 und Art. 21 UN-KRK: Recht auf Schutz und Unterstützung, wenn keine Familie vorhanden ist
Art. 22 UN-KRK: Recht auf Schutz von geflüchteten Kindern
Art. 23 UN-KRK: Recht von Kindern mit Behinderungen auf aktive Teilhabe und Teilnahme
Art. 24 UN-KRK: Recht auf Schutz der Gesundheit
Art. 25 UN-KRK: Recht auf Überprüfung der Unterbringung außerhalb der Familie
Art. 26 UN-KRK: Recht auf soziale Sicherung
Art. 27 UN-KRK: Recht auf einen angemessenen Lebensstandard
Art. 28 und Art. 29 UN-KRK: Recht auf (Menschenrechts-) Bildung
Art. 30 UN-KRK: Recht auf kulturelle Identität
Art. 31 UN-KRK: Recht auf Erholung und Spiel sowie Teilnahme am kulturellen und künstlerischen Leben
Art. 32 UN-KRK: Recht auf Schutz vor wirtschaftlicher Ausbeutung
Art. 33 UN-KRK: Recht auf Schutz vor Suchtstoffen
Art. 34 UN-KRK: Recht auf Schutz vor sexuellem Missbrauch

Art. 35 UN-KRK: Recht auf Schutz vor Kinderhandel
Art. 36 UN-KRK: Recht auf Schutz vor Ausbeutung
Art. 37 UN-KRK: Recht auf Schutz vor Folter und erniedrigender Behandlung sowie willkürlichem Freiheitsentzug
Art. 38 UN-KRK: Recht auf Schutz in bewaffneten Konflikten
Art. 39 UN-KRK: Recht auf Genesung und Rehabilitation
Art. 40 UN-KRK: Recht auf kindgerechte Justiz
Art. 41 UN-KRK: Besser geeignete Bestimmungen im Recht des Vertragsstaates bleiben unberührt

(Idee und Text: Monitoring-Stelle UN-Kinderrechtskonvention, Deutsches Institut für Menschenrechte 2017).

Die 3 Ps: Eine Sortierhilfe für den besseren Durchblick

Alle Artikel am Stück sind auch so knapp beschrieben natürlich immer noch eine ganze Menge. Um sich besser zurechtzufinden, gibt es eine praktische kleine »Sortierhilfe«, nämlich drei Themenbereiche, in die sich die Punkte aufteilen lassen.

Im Englischen wird von den drei Ps der Konvention gesprochen:

- Protection (Schutz)
- Provision (Versorgung)
- Participation (Beteiligung)

Das erste P: Protection

Die erste Gruppe sind also – ganz klassisch wie auch schon in den früheren Kinderrechtserklärungen – die Schutzrechte. Dazu zählt beispielsweise der besondere Schutz für geflüchtete Kinder (Artikel 22) oder aber der Schutz vor Suchtstoffen (Artikel 33).

Es gehört außerdem zur Staatspflicht, dich vor jeglicher Form von Gewalt zu schützen (Artikel 19). Unter Gewalt versteht die UN-Kinderrechtsrechtskonvention nicht nur körperliche Gewalt durch erwachsene Menschen wie etwa die Eltern oder andere betreuende Personen, sondern auch psychische Gewalt, beispielsweise von Kindern untereinander, wie es beim Cybermobbing der Fall sein kann. Der Staat soll dich auch vor sexualisierter Gewalt und dem Beobachten von Gewalt schützen, zum Beispiel, wenn Menschen, mit denen du in einem Haushalt zusammenlebst, sich gegenseitig Gewalt antun.

Mathilde, 12 Jahre:

Ich finde eine gewaltfreie Erziehung sehr wichtig, denn wir Kinder sind oft noch schwächer als die Erwachsenen und brauchen deshalb Schutz und Sicherheit. Ich möchte mir sicher sein, dass mich keiner schlagen darf, dass mich keiner anschreien, bedrohen oder beleidigen darf. Auch sexuelle Belästigung ist nicht erlaubt.

Meine Mama hat mir erzählt, dass bei ihr früher eine Ohrfeige zur

Erziehung dazugehört hat und sie sich gewünscht hätte, dass es dieses Kinderrecht schon früher gegeben hätte. Denn damals hat sie keiner beschützt. Heute passieren diese Dinge weniger in der Öffentlichkeit, weil die Erwachsenen wissen, dass sie dann angezeigt werden können. Aber zu Hause hinter verschlossenen Türen passieren Kindern immer noch schlimme Dinge.

Ich weiß zum Beispiel von einigen Klassenkameraden, dass sie wegen schlechter Noten angeschrien oder auch geschlagen werden. Manchmal reicht schon, wenn sie ihre Hausaufgaben nicht erledigen.

Ich habe da ein Mädchen in meiner Klasse. Wenn sie eine 4 oder schlechter bekommt, manchmal sogar bei einer 3, fängt sie an zu weinen. Ich fragte sie mal: »Warum weinst du?« Sie sagte mit Tränen in den Augen: »Meine Eltern werden megawütend sein! Ich werde Hausarrest bekommen und wahrscheinlich eine geknallt kriegen.« Nur wegen der Note werden Eltern gewalttätig?

Ich bin froh, dass meine Eltern so etwas nicht machen. Sie sind auch mal streng, und ich bekomme auch mal Computerverbot, oder wir diskutieren und streiten. Aber das ist für mich keine Gewalt.

Ich weiß, dass ich mich, wenn ich sehe, dass einem Kind Gewalt geschieht, an einen vertrauenswürdigen Erwachsenen wenden und diesen um Hilfe für das betroffene Kind bitten kann. Dabei hilft mir, dass ich weiß, dass es unser Recht ist, gewaltfrei erzogen zu werden.

Artikel 19 gibt hilfreiche Hinweise, was ein Vertragsstaat der UN-Kinderrechtskonvention machen kann, um diese Rechte von Kindern wirklich gewährleisten zu können. Dazu sollen

- ✓ Gesetze verabschiedet werden, die beispielsweise jede Form von Gewalt gegen Kinder unter Strafe stellen.
- ✓ vorbeugende Maßnahmen für Eltern und andere betreuende Personen angeboten werden, damit diese lernen, wie sie Gewalt in der Erziehung von Kindern vermeiden können.
- ✓ Hilfedienste für Kinder in Not eingerichtet und bekannt gemacht werden, an die sie sich wenden können, wenn sie selbst Gewalt erfahren oder aber Gewalt unter anderen beobachten müssen, weil andere Menschen, die mit ihnen in einem Haushalt leben, sich gegenseitig Gewalt antun.
- ✓ Therapien und andere Angebote geschaffen werden für Kinder, die Gewalt erfahren haben, damit diese wieder genesen können.

In Deutschland wurde einige Zeit nach Inkrafttreten der UN-Kinderrechtskonvention im Jahr 2000 dann das sogenannte »Gesetz zur Ächtung der Gewalt in der Erziehung« verabschiedet, das seitdem in § 1631 des Bürgerlichen Gesetzbuches (BGB) festgeschrieben ist.

Darin werden, wie auch in der UN-Kinderrechtskonvention, ebenfalls alle Formen von Gewalt als unzulässig benannt:

»Kinder haben ein Recht auf gewaltfreie Erziehung. Körperliche Bestrafungen, seelische Verletzungen und andere entwürdigende Maßnahmen sind unzulässig.«

Auch hinsichtlich der Angebote, die Eltern und anderen Betreuenden dabei helfen sollen, zu lernen, wie sie Gewalt in der Erziehung vermeiden können, wurde gesetzlich etwas verändert. Dazu werden im sogenannten Kinder- und Jugendhilfegesetz unter § 16 und den »Angeboten zur Förderung der Erziehung« auch Angebote benannt, die helfen sollen, »Konfliktsituationen in der Erziehung gewaltfrei zu lösen«.

Im grauen Kasten findest du die zentralen Stellen, die deutschlandweit zur Verfügung stehen.

Hilfe in der Not

Polizei-Notruf

Der Polizei-Notruf ist rund um die Uhr kostenlos unter **110** zu erreichen.

Was du vielleicht noch nicht wusstest: Auch Kinder dürfen sich direkt an die Polizei wenden. Darüber hinaus gibt es auch ein Onlineangebot mit hilfreichen Informationen, das sich speziell an Kinder- und Jugendliche richtet! Du findest es unter: www.polizei-fuer-dich.de.

Jugendamt

Das Jugendamt ist *die* für den Kinder- und Jugendschutz zuständige staatliche Stelle. In der Regel gibt es in Städten und Gemeinden immer einen Krisen-Notdienst des Jugendamtes für Kinder und Jugendliche, an den du dich telefonisch oder persönlich wenden kannst. Das Jugendamt selbst ist in der Regel nur tagsüber erreichbar, arbeitet aber mit Kinderschutzorganisationen vor Ort zusammen, damit auch garantiert ist, dass alle Kinder und Jugendlichen rund um die Uhr Hilfe bekommen können. Ein Jugendamt in deiner Nähe findest du unter: https://www.jugendaemter.com/jugendaemter-in-deutschland/.

Nummer gegen Kummer

Das Kinder- und Jugendtelefon der Nummer gegen Kummer ist anonym und kostenlos vom Handy und Festnetz unter **116 111** zu erreichen.

Es gibt hier auch Onlineberatung, bei der du per Mail jederzeit schreiben kannst, oder einen Chat mit festen Zeiten, an denen du direkt mit den Berater*innen chatten kannst. Leider ist die Nummer gegen Kummer nicht rund um die Uhr erreichbar – sie ist nämlich keine staatliche

Stelle, sondern ein Verein, in dem viele Menschen ehrenamtlich mithelfen, also ohne Bezahlung. Hier kannst du dich über die aktuellen Zeiten informieren: https://www.nummergegenkummer.de/.

Hilfetelefon sexueller Missbrauch
Das Hilfetelefon ist von überall in Deutschland kostenfrei und anonym unter **0800 22 55 530** zu erreichen. Mehr Informationen zu den genauen Zeiten, E-Mail-Adressen u. v. m. findest du unter: https://nina-info.de/.
Es handelt sich um eine Anlaufstelle zur Beratung, Unterstützung und Information auch bei Verdachtsfällen oder einfach nur einem »komischen Gefühl«, wenn es um Fragen des sexuellen Kindesmissbrauchs geht.
Auch hier gibt es ein Online-Beratungsangebot für Jugendliche: save-me-online.de, das auch bei Mobbing in der Schule, Cybermobbing, Problemen mit Sexting u. v. m. berät.

Das zweite P: Provision
Provision bedeutet übersetzt Versorgung. Hier geht es um die Dinge, die der Vertragsstaat als Leistungen für Kinder und Jugendliche bereitstellen soll. Dazu gehört beispielsweise das Recht auf Zugang zu einer kostenlosen Grundbildung, also die Möglichkeit für alle Kinder und Jugendlichen, eine Schule zu besuchen (Artikel 28), das Recht auf eine Ge-

sundheitsversorgung (Artikel 24) oder aber das Recht auf angemessene Lebensbedingungen, also die Verpflichtung Kindern und Jugendlichen gegenüber, ihnen bei Bedürftigkeit Nahrung, Kleidung und eine Wohnung als materielle Hilfe zukommen zu lassen (Artikel 27).

Das Recht auf Bildung ist ein Menschenrecht, das übrigens nicht nur in der UN-Kinderrechtskonvention steht, sondern auch schon in Artikel 26 der Allgemeinen Erklärung der Menschenrechte und in Artikel 13 des Internationalen Paktes über wirtschaftliche, soziale und kulturelle Rechte. Dieser Artikel ist also auch ein schönes Beispiel dafür, wie einzelne Menschenrechte durch die UN-Kinderrechtskonvention noch einmal genauer formuliert wurden, mit Blick auf Kinder und Jugendliche, die ja ganz eigene und andere Bedürfnisse haben als Erwachsene. Ihnen stehen über die Rechte von Erwachsenen hinaus noch ein besonderer Schutz und besondere Unterstützung zu.

Das Recht auf Bildung von Kindern und Jugendlichen ist seit Beginn der Coronapandemie nicht nur weltweit, sondern auch bei uns in Deutschland hochaktuell.

Bedingt durch die Schulschließungen während der Lockdowns hatten Kinder und Jugendliche überall auf der Welt keinen oder nur erschwerten Zugang zur Schule. UNICEF international – das Kinderhilfswerk der Vereinten Nationen – warnt daher vor einer »weltweiten Bildungskrise«. Grundlage für diese Einschätzung ist eine Studie mit Daten aus 100 Ländern, die auch den Zugang zu digitalem »Distanz-Lernen« beinhaltet hat. Demnach konnten auf dem Höhepunkt der Lockdowns 2020 weltweit 1,5 Milliarden Kinder und Jugendliche nicht zur Schule gehen – also weltweit jede*r Dritte. Am stärksten betroffen waren Kinder und Jugendliche aus ärmeren Haushalten.

Und genau das konnten wir auch in Deutschland beobachten.

Insbesondere Kinder und Jugendliche, deren Eltern auf Sozialleistungen angewiesen sind, hatten oftmals weder Computer, Laptop oder Tablet noch WLAN zu Hause. Viele Kinder und Jugendliche haben daher gar nicht oder an öffentlichen Plätzen über ihr Handy versucht, am digitalen Unterricht teilzunehmen. Eine wirklich nicht zumutbare Situation.

Erst nachdem einige Familien, die auf Sozialleistungen angewiesen sind, die Anschaffung von Endgeräten und WLAN als notwendige Leistung für die betroffenen Kinder beziehungsweise Jugendlichen vor Gericht eingeklagt hatten, haben die Regierungen der Bundesländer auch mit einer entsprechenden Versorgung reagiert – obwohl dies doch eigentlich schon nach Vorgaben aus Artikel 28, Buchstabe b) vorher hätte klar sein müssen.

Think about it:

Innerhalb der Vereinten Nationen gibt es sogenannte Sonderberichterstatter*innen – auch für das Recht auf Bildung. Sie bereisen die unterschiedlichen Vertragsstaaten und verschaffen sich dort einen Überblick, indem sie mit Vertreter*innen der Regierungen, Vereinen und Menschen vor Ort sprechen. Was würdest du einer bzw. einem solchen Berichterstatter*in berichten? Die folgenden Fragen kannst du als Anhaltspunkte nutzen:

- Ist für dich eine Schule vorhanden, und »funktioniert« sie?
- Hast du die nötige Ausstattung (Bücher, digitale Endgeräte)?
- Kannst du selbst vor Ort in der Schule sein?
- Können alle Kinder vor Ort in der Schule sein?
- Musst du Gebühren für die Schule bezahlen?
- Findest du das, was du dort lernst, wichtig und bedeutungsvoll?
- Passt sich deine Schule an die aktuellen Bedürfnisse der Kinder und der Jugendlichen an?

Timon, 17 Jahre:
Als ich das erste Mal zum Schulsprecher gewählt wurde, war ich etwas überwältigt.
*Mein Vorgänger hat sich mit mir nicht in Verbindung gesetzt, d. h., ich wurde sozusagen ins kalte Wasser geworfen. Ich war überaus glücklich, dass mir die Sozialpädagog*innen jederzeit tatkräftig zur Seite standen und mir dabei geholfen haben, mich in dem Amt einzufinden.*
Der Grund, weshalb ich mich aufstellen ließ, war, dass ich viele Ideen hatte, was man an unserer Schule verändern kann und sollte, und ich als Schulsprecher die besten Möglichkeiten habe, dies zu realisieren.
*Während der Lockdowns habe ich zum Beispiel eine Umfrage unter den Schüler*innen durchgeführt, weil ich die Probleme im selbstangeleiteten Lernen zu Hause (SALZH) mitbekommen habe und unbedingt etwas dagegen unternehmen wollte. Ich war der Meinung, dass diese Probleme dringend mit den Lehrer*innen kommuniziert werden müssen. Ohne eine solche Umfrage war es immer schwierig, weil die Lehrer*innen davon ausgegangen sind, dass es nur einzelne Schüler*innen sind, die diese Meinung vertreten bzw. diese Probleme haben. Durch eine Meinungsabfrage, die unter allen 550 Schüler*innen gemacht wurde, konnte man den Lehrenden den Ernst der Lage ziemlich gut vermitteln. Die Ergebnisse wurden allen Lehrenden zugesandt und danach in der Schulkonferenz besprochen. Gemeinsam mit den Schüler*innen,*

*Lehrer*innen und den Eltern wurde an Lösungen gearbeitet. Alles in allem kann man sagen, dass diese Umfrage einen Teil zur Verbesserung des SALZH beigetragen hat. Allerdings ist das digitale Lernen zu Hause noch weiter ausbaubar und könnte noch um einiges besser funktionieren.*

Das dritte P: Participation

Zu den Beteiligungsrechten von Kindern ist an allererster Stelle das Recht des Kindes auf Gehör und Berücksichtigung seiner Meinung zu nennen (Artikel 12). In diesem Artikel steht genau genommen, dass Kinder und Jugendliche das Recht haben, sich eine eigene Meinung zu bilden und diese frei zu äußern.

Und dann steht da noch, dass die Vertragsstaaten diese Meinung angemessen berücksichtigen sollen. Und dass das unter Berücksichtigung des Alters und der Reife eines Kindes passieren soll und für *alle* das Kind oder die Jugendliche bzw. den Jugendlichen berührenden Angelegenheiten gilt. Auch das Recht auf Versammlungsfreiheit von Kindern (Artikel 15) und das Recht auf kulturelle Teilhabe (Artikel 31) gehören zu den Beteiligungsrechten.

Wusstest du, dass …

… wenn in deiner Stadt die Radwege geplant werden, auch die Interessen von Kindern und Jugendlichen berücksichtigt werden sollen? Auch hier sind gemäß Vorgaben der UN-Kinderrechtskonvention Kinder und Jugendliche als eine spezifische Nutzer*innengruppe zu beteiligen, etwa für die Planung eines sicheren und direkten Schüler*innenradverkehrs.

Das wissen nur leider viel zu wenige der verantwortlichen Stellen, und im deutschen Recht ist es nicht noch mal ausdrücklich zusätzlich verankert, anders als beispielsweise bei Menschen mit Behinderungen. Diese zusätzliche Verankerung für Menschen mit Behinderungen hat dazu geführt, dass Ampeln mit »Klick-Geräusch«, abgesenkte Bürgersteige an Straßenübergängen und Aufzüge an Bahnhöfen schon mehr und mehr zur Selbstverständlichkeit geworden sind. Einige Städte und Kommunen – die Teil des Projektes »Kinderfreundliche Kommune« (dem deutschen Teil der internationalen Kampagne von UNICEF »Child Friendly Cities«) sind – machen das auch ganz bewusst und ganz gezielt mit Blick auf die Beteiligung und Berücksichtigung von Kindern und Jugendlichen! Das ist bisher nur ein Anfang, aber vielleicht wird auch das irgendwann zur Selbstverständlichkeit.

Think about it:

Deinen Schulweg kennst du bestimmt in- und auswendig. Führe ihn dir anhand der folgenden Fragen vor Augen und überlege, was daran gut ist und was besser werden könnte:

Mein Weg zur Schule dauert in der Regel: ____________

Folgende Verkehrsmittel muss ich dabei nutzen:

☐ Füße

☐ Skateboard

☐ Scooter / Roller (für über 14-Jährige auch E-Roller)

☐ Fahrrad (E-Bike)

☐ Bus (Linienbus / Schulbus)

☐ U-Bahn, Tram

☐ S-Bahn, Regionalbahn

☐ Auto (»Eltern-Taxi« / Fahrdienst bei Kindern und Jugendlichen mit Behinderungen / Mitfahrgelegenheit im »Eltern-Taxi« oder sonst irgendwie bei Freunden)

Sofort ändern würde ich : ________________________________

____

Gut an meinem Weg finde ich: ____________________________

____

Wusstest du, dass ...

... wenn sich beispielsweise deine Eltern scheiden lassen und dazu vor Gericht gehen, auch dort die Vorgaben aus Artikel 12 der UN-Kinderrechtskonvention gelten?

Die Regeln für eine Scheidung vor Gericht stehen in Deutschland im »Gesetz über das Verfahren in Familiensachen und in den Angelegenheiten der freiwilligen Gerichtsbarkeit« (kurz: FamFG). Und hier sind die Vorgaben der UN-Kinderrechtskonvention auch noch mal zu finden:

✓ Kinder und Jugendliche müssen in Scheidungsangelegenheiten angehört werden, und nur mit Begründung können hier Ausnahmen gemacht werden (FamFG § 159 Absätze 1, 2 und 3).

✓ Kinder und Jugendliche sollen außerdem vom Gericht »über den Gegenstand, Ablauf und möglichen Ausgang des Verfahrens in einer geeigneten und seinem Alter entsprechenden Weise informiert werden.« (FamFG § 159 Absatz 4)

✓ Die Kinder und Jugendlichen bekommen eine Verfahrensbeiständin oder einen Verfahrensbeistand (FamFG § 158b).

»Ein Verfahrensbeistand ist eine Person, die Kinder und Jugendliche im Verfahren begleitet und unterstützt. Der Verfahrensbeistand kann ein Mann oder eine Frau sein. Manche nennen den Verfahrensbeistand auch den ›Anwalt des Kindes‹, weil er sich im Verfahren für das Kind einsetzt. Im Gegensatz zu einem Anwalt bzw. einer Anwältin für Erwachsene macht er oder sie aber nicht immer genau das, was das Kind sagt. Der Verfahrensbeistand spricht mit dem Kind und mit den Eltern und überlegt dann selbst mit, was das Beste für das Kind ist.« (DKHW / DIMR 2021, S. 5)

Wusstest du, dass …

… es neben der internationalen Fridays-for-Future-Bewegung in Deutschland auch viele Organisationen gibt, in denen Kinder und Jugendliche sich engagieren und ihre Interessen einbringen? Es gibt da beispielsweise die Strukturen der Jugendverbände. Vielleicht kennst du ja die Jugend der Deutschen Lebensrettungsgesellschaft, den Bund deutscher Pfadfinder_innen, das Jugendrotkreuz oder die Gehörlosenjugend Deutschlands? Sie alle sind auch Mitglieder eines Zusammenschlusses auf Bundesebene: des deutschen Bundesjugendrings, der sich als Interessenvertretung gegenüber der Politik für die Sorgen, Interessen und Fähigkeiten der Kinder und Jugendlichen aus den Jugendverbänden starkmacht.

Doch es gibt auch andere Zusammenschlüsse von Jugendlichen, die ein gemeinsames Anliegen haben, wie beispielsweise »Jugendliche ohne Grenzen«, ein Zusammenschluss, der von jungen, geflüchteten Menschen 2005 gegründet wurde.

Mohammed Jouni, Mitbegründer und Aktivist von »Jugendliche ohne Grenzen« und Vorstand beim Bundesfachverband Unbegleitete Minderjährige Flüchtlinge e. V. (BumF):
*Jugendliche ohne Grenzen (JOG) hat sich 2005 im BBZ (Beratungs- und Betreuungszentrum für junge Geflüchtete und Migrant*innen) in Berlin gegründet und ist inzwischen ein bundesweiter Zusammenschluss von jugendlichen Geflüchteten. Unsere Arbeit folgt dem Grundsatz, dass Betroffene eine Erfahrungsexpertise haben, eine eigene Stimme haben und keine »stellvertretende Betroffenen-Politik« benötigen. Zu unseren Zielen gehören die vorbehaltlose Umsetzung der UN-Kinderrechtskonvention, die Gleichberechtigung von Geflüchteten, die Chancengleichheit vor allem in den Bereichen Bildung und Arbeitsmarkt, das Bleiberecht für alle und das Rückkehrrecht für unsere abgeschobenen Freund*innen! Wir entscheiden selbst, welche Aktionsformen wir wählen, und auch, wie wir diese durchführen. Wir tagen zum Beispiel parallel zur Innenministerkonferenz der Länder und wählen regelmäßig den »Abschiebeminister des Jahres«. Wir vergeben auch den »Initiativpreis des Jahres«, mit dem wir Initiativen auszeichnen, die sich tagtäglich in ihrer Umgebung für ihre Mitmenschen, Nachbarn, Mitschülerinnen und Mitschüler einsetzen. Und wir organisieren Infoveranstaltungen für*

*Presse und Schulen, Demos, Kundgebungen und Mahnwachen, um so unsere Forderungen an Politiker*innen heranzutragen. Da wir kein eingetragener Verein sind, können wir nicht selbst Gelder beantragen. Daher führen wir all diese Aktionen mit vielen Unterstützer*innen wie zum Beispiel dem BBZ, Pro Asyl, den Landesflüchtlingsräten und dem BumF durch.*

Jetzt bist du gut darüber informiert, welche Rechte du hast – aber wie werden sie umgesetzt?

»Die da oben«: Die Pflicht der Vertragsstaaten

In allererster Linie sind die Staaten für die Verwirklichung der Menschenrechte verantwortlich. Hat ein Staat beispielsweise die UN-Kinderrechtskonvention ratifiziert, dann gibt er damit das Versprechen ab, die Kinderrechte im eigenen Land verwirklichen zu wollen.

195 Staaten weltweit haben die UN-Kinderrechtskonvention ratifiziert. Sie ist damit Rekordhalterin und die Menschenrechtskonvention, der die meisten Staaten weltweit beigetreten sind. Dennoch gehen die Vereinten Nationen nicht davon aus, dass jeder dieser Staaten die Kinderrechte mit der Ratifizierung sofort verwirklichen kann. Aber die Staaten sind nach Artikel 4 der UN-Kinderrechtskonvention dazu verpflichtet, bei der Verwirklichung der Kinderrechte immer weiterzumachen, also keine Rückschritte zu machen – es sei denn, es gibt einen gewichtigen Grund, wie beispielsweise eine Naturkatastrophe oder Krieg.

Das erklärt auch, warum es trotz der Tatsache, dass fast alle Staaten der Welt die Kinderrechtskonvention ratifiziert haben, immer noch viele Kinder gibt, die von Formen schlimmster Kinderarbeit betroffen sind, keinen Zugang zu sauberem Trinkwasser haben oder, weil sie Mädchen sind, die Schule nicht besuchen dürfen.

Aber auch wenn nicht alle Rechte unmittelbar umgesetzt sind, sind die Staaten dennoch eine Verpflichtung eingegangen. Innerhalb der Vereinten Nationen spricht man hier auch von der Pflichtentrias (Trias = Dreiheit, von altgriechisch *tri* = drei) von Achtungs-, Schutz- und Gewährleistungspflicht der Staaten.

Die Pflichtentrias der Staaten

- Die **Achtungspflicht** fordert, dass der Staat Kinder nicht an der Ausübung ihrer Rechte hindert. Im Gegenteil: Er muss ein förderliches Umfeld schaffen, damit du deine Rechte auch ausleben kannst.
- **Schutzpflichten**: Er muss dich vor Übergriffen Dritter auf deine Rechte schützen; ggf. sogar vor deinen Eltern oder anderen Erwachsenen und auch vor Firmen im Internet oder wirtschaftlicher Ausbeutung durch schlimme Formen der Kinderarbeit.
- **Gewährleistungspflichten** beziehen sich beispielsweise auf die Bereitstellung einer kostenlosen Grundbildung für alle Kinder, für deren Erhalt der Staat zuständig ist, oder die Erreichbarkeit von Kinderärzten.

Wir alle: Die Rolle der Zivilgesellschaft

Damit alle Kinderrechte verwirklicht werden können, braucht es neben den Umsetzungsaktivitäten des Staates aber auch Organisationen, Vereine und Initiativen, die sich dafür starkmachen.

Sie decken auf, wenn Kinderrechte verletzt werden, oder unterstützen Kinder, deren Rechte missachtet werden, und beraten die staatlichen Stellen, wie sie die Kinderrechte besser verwirklichen können.

Kurz nach Ratifizierung der UN-Kinderrechtskonvention in Deutschland haben sich 1995 über 40 Kinderrechteorganisationen zum Netzwerk Kinderrechte *(Child Rights Coalition)* zusammengeschlossen. Ihr Ziel war und ist es, Politiker*innen auf Ebene von Bund, Ländern und Gemeinden darüber zu informieren, welche Verpflichtungen sie mit der Ratifizierung der UN-Kinderrechtskonvention eingegangen sind. Heute sind in dem Netzwerk über 100 bundesweit arbeitende Organisationen, Vereine und Verbände zusammengeschlossen. Darunter sind auch Organisationen wie UNICEF Deutschland, also das deutsche Büro des Kinderhilfswerks der Vereinten Nationen, der Dachverband der Kinder- und Jugendmedizinischen Gesellschaften und solche wie beispielsweise die Naturfreundejugend, in der junge Menschen selbst aktiv sind.

Think about it:

Was kennst du für Möglichkeiten, sich für Kinderrechte starkzumachen?

- Kennst du eine Kinderrechtsorganisation?
  Tipp: Vielleicht hast du schon mal eine Plakatwerbung gesehen oder Post mit einer Patenschaftsanfrage bekommen?
- Gibt es ein Kinderbüro oder eine*n Kinderbeauftragte*n in deiner Stadt oder Gemeinde?
  Tipp: Manchmal veranstalten diese auch Weltkindertags-Feste rund um den 20. September.
- Kennst du eine Kinder- oder Jugendorganisation, in der sich Kinder- und Jugendliche zusammengeschlossen haben?
  Tipp: Vielleicht warst du ja schon mal auf einer FFF-Demo?
- Kennst du die / den Schülersprecher*in deiner Schule?
  Tipp: Frag mal bei den Klassensprecher*innen nach oder im Klassenrat, falls es den bei euch in der Klasse gibt.

Kascha, 15 Jahre:
*Ich bin Teil der Kinder- und Jugendjury des Kinder- und Jugend-Beteiligungsbüros Friedrichshain-Kreuzberg gewesen. In dieser Jury wird die Möglichkeit gegeben, Geld vom Bezirk (bis zu 1000 Euro) für ein privates oder schulisches Projekt zu erhalten. Dafür muss man einen Antrag schreiben, welcher beinhaltet, was man machen möchte, und der genau aufzeigt, wann man das machen möchte und wie viel Geld man für die einzelnen Planbestandteile benötigt. Entschieden wird dann durch die Jury, die aus allen antragsstellenden Jugendlichen besteht, die je zwei Projektvertreter*innen benennen. Sie alle zusammen entscheiden dann über die Vergabe der Gelder. In der Jugendjury habe ich ein Projekt der Schulhof-AG meiner Schule vorgestellt, an welchem ich mit Mitschüler*innen und Lehrkräften gearbeitet habe. Wir wollten unseren Schulhof neu und umweltfreundlich gestalten, und ich habe im Namen der anderen Mitglieder unser Projekt vorgestellt, Fragen beantwortet und erklärt, wofür wir das beantragte Geld nutzen wollen würden. Mit Erfolg.*

Monitoring-Stelle UN-Kinderrechtskonvention

Seit 2015 gibt es die unabhängige Monitoring-Stelle UN-Kinderrechtskonvention des Deutschen Instituts für Menschenrechte (DIMR). Das DIMR existiert seit 2001 und ist die unabhängige Nationale Menschenrechtsinstitution Deutschlands.

Ihr Auftrag ist es, *unabhängig* die Verwirklichung der Menschenrechte in und durch Deutschland kritisch zu begleiten und zu bewerten und einen Beitrag zum Schutz und zur Förderung der Menschenrechte zu leisten.

Seit 2015 gibt es dort ein Team mit fünf Menschen, das ausschließlich die Umsetzung der Kinderrechte in Deutschland im Blick hat. Mein Arbeitsfeld, das ich leite. Wir schauen uns Gesetze und Maßnahmen des Bundestages und der Regierung an und informieren uns bei den Nicht-Regierungsorganisationen – und natürlich auch bei Kindern und Jugendlichen selbst – darüber, wo diese die meisten Probleme bei der Verwirklichung der Kinderrechte sehen. Oder wir forschen selbst dazu, wie es bestimmten Gruppen von Kindern eigentlich geht, und berichtet darüber auch den Vereinten Nationen.

Regelmäßige Check-up's: Die UN-Kinderrechtskonvention in Deutschland

In Deutschland trat die UN-Kinderrechtskonvention am 05. April 1992 in Kraft. Nachdem der damalige Außenminister die Urkunde in Genf gezeichnet hatte, musste das sogenannte »Zustimmungsgesetz« noch Bundestag und Bundesrat passieren. Und da wir ein sogenanntes »völkerrechtsfreundliches« Grundgesetz in Deutschland haben, internationale Grundsätze also auch im deutschen Recht berücksichtigt werden sollen, hat die UN-Kinderrechtskonvention damit den gleichen Rang wie andere Bundesgesetze. Ob Deutschland seinen Staatenpflichten als Vertragsstaat nachkommt, wird von den Vereinten Nationen in regelmäßigen Abständen gecheckt.

Check-up Nr. 1: Staatenberichte

Die Regierung muss alle fünf Jahre einen Bericht verfassen, in dem sie darstellt, was sie unternommen hat, um die Verwirklichung der Kinderrechte weiter voranzubringen, und auch, wo es nicht so gut gelungen ist.

Dieser Bericht wird dem UN-Ausschuss für die Rechte des Kindes vorgelegt, und dieser führt dann mit der Regierung einen sogenannten »konstruktiven Dialog«.

Es gibt keine Strafen, wenn ein Vertragsstaat seinen Pflichten nicht nachkommt, aber die Vereinten Nationen diskutieren mit den Vertragsstaaten, wie sie die Verwirklichung der Kinderrechte im eigenen Land voranbringen können. Dazu wird so manche Regierung auch richtig ermahnt. Und wenn man dann in den »Abschließenden Bemerkungen«, die der Ausschuss nach jedem dieser »konstruktiven Dialoge« mit einer Regierung veröffentlicht, so etwas wie die folgenden Zitate liest, dann handelt es sich da schon um eine sehr deutliche Kritik.

Kritik durch den UN-Ausschuss für die Rechte des Kindes:
»Obwohl die Bemühungen des Vertragsstaats, das Übereinkommen auf kindgerechte Weise zu verbreiten, begrüßt werden, ist der Ausschuss dennoch besorgt über den unbefriedigenden Zustand bezüglich des Zugangs von Kindern und Erwachsenen – insbesondere jedoch von Kindern in prekären Lebenslagen – zu Informationen über Kinderrechte.«

»Der Ausschuss ist besorgt über die fortwährende Gewalt, die Kindern in der Schule und anderen Einrichtungen widerfährt, einschließlich körperlicher Gewalt, Mobbing und zunehmend auch Cybermobbing [...].«

Die hier gewählten Beispiele sind übrigens aus der letzten

dieser »Abschließenden Bemerkungen« zu Deutschland aus dem Jahr 2014.

Check-up Nr. 2: Parallelberichte / Ergänzende Berichte

In diesem Dialog des UN-Ausschusses für die Rechte des Kindes mit den Regierungen spielen auch die zuvor schon erwähnten NGOs eine wichtige Rolle. Denn zur Vorbereitung der Anhörung mit der Regierung trifft sich der UN-Ausschuss für die Rechte des Kindes auch immer mit NGOs aus dem jeweiligen Land und fragt diese, wie sie den Bericht der Regierung sehen. Das ist dann die Gelegenheit, auf Verletzungen von Kinderrechten und Probleme bei der Verwirklichung hinzuweisen oder aber auch zu bestätigen, wenn Prozesse richtig gut gelaufen sind. Auch das ist wichtig, weil der UN-Ausschuss solche positiven Erfahrungen als Lösungsideen an andere Staaten weitergeben kann.

Auch die Monitoring-Stelle berichtet dem UN-Ausschuss für die Rechte des Kindes über ihre Erkenntnisse. Und dieser bekommt dann durch die verschiedenen Berichte und Blickwinkel ein immer besseres Bild davon, wie es denn eigentlich mit der Verwirklichung der Kinderrechte in Deutschland tatsächlich aussieht. Denn die Regierungen, das kannst du dir sicher gut vorstellen, wollen sich gegenüber den Vereinten Nationen natürlich immer gern in einem guten Licht darstellen.

Check-up Nr. 3: Kinderrechtereports

Zu der vorbereitenden Sitzung kommen bei manchen Ländern auch Kinder und Jugendliche mit.

Deutschland hat bereits drei Mal den »konstruktiven Dialog« durchlaufen. (Wenn du jetzt rechnest und dich fragst, warum in 30 Jahren nur drei Mal, wo doch alle 5 Jahre berichtet werden soll, dann hast du gut aufgepasst. Der Grund ist recht einfach. Der UN-Ausschuss hat bei 195 Staaten so viel Arbeit, dass er nach einiger Zeit angefangen hat, Berichte zusammenzulegen, um die Arbeitslast überhaupt noch zu schaffen. So auch bei Deutschland. Hinzu kommt, dass sich das aktuelle Verfahren aufgrund der Coronapandemie verzögert.)

Auf Initiative des Netzwerks Kinderrechte konnte auch im aktuellen Verfahren ein »Kinderrechtereport« erarbeitet werden, und die beteiligten Kinder und Jugendlichen haben in einer eigenen (bedingt durch die Coronapandemie) digitalen Veranstaltung Gelegenheit gehabt, den Mitgliedern des UN-Ausschusses ihre Einschätzung zur Verwirklichung der Kinderrechte in Deutschland zu übermitteln.

Mathilde, 12 Jahre:

In unserer Stadt gibt es ein Projekt, das heißt Kinderstadt. Dort können Kinder hingehen und arbeiten, Geld verdienen und davon auch wieder Dinge kaufen, die dort hergestellt werden. Die Kinderstadt hat auch eine Bürgerschaft und eine*n Bürgermeister*in. Ich war in der Grundschule dort sehr aktiv und wurde auch in die Bürgerschaft gewählt. Auf einer Bürgerschaftssitzung wurde uns erzählt, dass 24 Kinder in Deutschland beim Kinderrechtereport mitmachen dürfen und unsere Betreuer sich dort für uns bewerben würden, wenn wir das wollen. Charlotte und ich waren interessiert. Es hat dann geklappt, und wir durften teilnehmen. Das war alles aufregend und toll.

Charlotte und ich haben das Thema »Gewaltfreie Erziehung« ausgewählt. Wir hatten dann die Aufgabe, dieses Thema zu recherchieren und vorzustellen. Wir überlegten uns, was wir machen wollen. Dann kamen wir auf die Idee, ein Video zu drehen. In dem Video wurde ein Mädchen geschlagen. Wir haben zusammen mit Freunden das Drehbuch geplant und gefilmt. Dann haben wir auch noch ein Poster dazu gestaltet und das Thema vorgestellt.

Für den UN-Ausschuss wählte ich ein anderes Thema. Da war Charlotte nicht mehr dabei. Ich entschied mich für »Flucht und Asyl«. Ein bisschen auch, weil ich das Wort »Asyl« so interessant fand. Als ich mich mit dem Thema beschäftigt habe, lernte ich, wie stark Kinder sein müssen, die ohne ihre Eltern in andere Länder kommen, und wie wichtig es ist, dass sie hier auch beschützt werden und Asyl bekommen.

Ich war ein bisschen traurig, dass wir nicht nach Genf fahren durften und alles nur digital stattfand. Das Treffen war aufre-

gend und manchmal auch ein bisschen lustig für mich. Alle waren sehr interessiert an unserer Meinung und haben auch gut zugehört. Das hat mir gefallen. Uns wurden auch viele Fragen gestellt, und sie wollten immer wissen, wie wir die Sachen sehen.

Jetzt mal Klartext: Wo steht Deutschland?

Nun stellt sich natürlich die Frage: Ist die UN-Kinderrechtskonvention in Deutschland umfassend verwirklicht oder nicht? Und wenn nicht, wie viel Prozent sind denn schon erreicht?

Leider muss ich dich enttäuschen, weil ich auf diese Frage keine klare Antwort geben kann. Aber ich kann versuchen, eine Einschätzung zu ermöglichen. Dazu werfe ich einen Blick in die Berichte, welche die in diesem Kapitel beschriebenen Akteur*innen zu Deutschland verfasst haben, und schaue mir die darin benannten »Problemfelder« an.

Man kann diese Berichte alle gebündelt auf den Seiten des UN-Ausschusses für die Rechte des Kindes finden – leider nicht auf Deutsch, aber in den offiziellen UN-Sprachen. Du kannst dort einfach ein Land auswählen und dir den letzten Staatenbericht und die eingereichten Parallelberichte anschauen. Den Link findest du in der Linkliste am Ende des Buches.

Aus internationaler Sicht gibt es da einige Dinge, die bisher in jedem Berichtsverfahren, das Deutschland durchlaufen hat, kritisiert wurden und die immer noch aktuell sind. Man könnte also sagen, dass die unterschiedlichen Regierungen Deutschlands hier seit 1992 nicht alle »Hausaufgaben« gemacht haben, die ihnen die Vereinten Nationen ins Aufgabenheft geschrieben haben.

In den letzten »Abschließenden Bemerkungen« aus 2014 wird dabei unter anderem kritisiert, dass

- die Kinderrechte in Deutschland nicht mit Verfassungsrang ausgestattet sind, also nicht im Grundgesetz stehen (siehe dazu auch das nächste Kapitel),
- es – anders als in vielen anderen Ländern – keine*n Bundeskinderbeauftragte*n mit Beschwerdestelle für Kinder und Jugendliche gibt,
- ein umfassendes Datensystem fehlt, um die Verwirklichung der Kinderrechte in Deutschland messen zu können,
- der Schutz für Asyl suchende Kinder und Jugendliche in Deutschland nicht ausreichend ist,
- Kinder und Jugendliche mit »Migrationshintergrund« in Deutschland mehrfach diskriminiert werden,
- die Regierung zu wenig unternimmt, um Kinderarmut intensiv zu bekämpfen.

Das Thema »Kinderarmut« ist auch im Parallelbericht des Netzwerks Kinderrechte ein wichtiges Thema. Die im Netzwerk zusammengeschlossenen Organisationen haben aber auch noch andere Problemfelder in ihrem Bericht benannt, wie beispielsweise

- den Bedarf für mehr Schutz und die Stärkung von Kompetenzen von Kindern und Jugendlichen im digitalen Umfeld,
- den Erhalt von spezifischen Kinderabteilungen und -kliniken im deutschen Gesundheitssystem und
- mehr Zeit und Raum für Ruhe, Freizeit und Spiel für Kinder und Jugendliche im Bildungssystem (Grüning / Martschinke / Häbig et al. 2022).

Den letzten Punkt findet man auch im Kinderrechtereport der im Berichtsverfahren beteiligten Kinder und Jugendlichen. Auch sie problematisieren zu viel Leistungsdruck und zu wenig Freizeit. Darüber hinaus fordern sie beispielsweise auch, dass

- Kinder und Jugendliche wählen dürfen sollen (je regionaler, desto früher),
- Erwachsene besser für das Thema Privatsphäre von Kindern und Jugendlichen sensibilisiert werden sollen und
- es ein Recht auf eine gesunde Umwelt geben soll!

Im Parallelbericht der unabhängigen Monitoring-Stelle UN-Kinderrechtskonvention des Deutschen Instituts für Menschenrechte findet sich dieses Thema ebenfalls. Hier verbunden mit dem Hinweis, dass in Deutschland die Beteiligungsrechte von Kindern an staatlichen Entscheidungen zu wenig Berücksichtigung finden und beispielsweise bei den jugendlichen Demonstrant*innen von Fridays for Future außer Acht gelassen wurde, dass diese mit dem Fernbleiben vom Unterricht, um an den Demonstrationen für eine neue Klimapolitik teilzunehmen, zwar gegen die Schulpflicht verstoßen haben, dies aber grund- und menschenrechtlich durchaus gerechtfertigt sein kann. Diesem Grundrecht wurden pauschal – sozusagen als »Drohung« – Sanktionen wegen »Schulschwänzens« entgegengestellt. Dabei wäre es eigentlich Auftrag der Regierung, für Kinder und Jugendliche, die sich für ihre Menschenrechte aktiv einbringen, ein förderliches Umfeld *(enabling environment)* zu schaffen!

Einsatz für Kinderrechte! Aber wie?

Damit die Regierungen, Erwachsene und Kinder und Jugendliche selbst sich für die Verwirklichung der Kinderrechte aus der UN-Kinderrechtskonvention starkmachen können, braucht es vor allen Dingen eins: Sie müssen überhaupt erst einmal wissen, dass es die UN-Kinderrechtskonvention gibt, was drinsteht und wer sich warum daran halten soll.

Wer kennt die Kinderrechte?

Auf der übernächsten Seite hast du die Möglichkeit, selbst mal eine kleine Erhebung zu dieser Frage zu machen. Du kannst deine eigene Umfrage gern mit repräsentativen Daten zu Deutschland vergleichen. Leider werden diese immer noch nicht regelmäßig durch die Regierung erhoben, aber das Deutsche Kinderhilfswerk (eine NGO) hat dies 2018 gemacht. Hier wurde Kindern und Jugendlichen und den Erwachsenen in etwas anderer Wortwahl folgende Frage gestellt: Weißt du, dass es weltweit geltende Rechte für Kinder gibt, die in einer Vereinbarung vieler Länder der Erde festgelegt sind?

Auf der nächsten Seite kannst du die Ergebnisse sehen.

Ergebnisse

Kinder

24 % Davon habe ich noch nie gehört oder gelesen.

60 % Das Thema Kinderrechte kenne ich nur dem Namen nach.

16 % Da kenne ich mich ganz gut aus.

0 % Weiß nicht, keine Antwort.

Erwachsene

12 % Davon habe ich noch nie gehört oder gelesen.

75 % Das Thema Kinderrechte kenne ich nur dem Namen nach.

12 % Da kenne ich mich ganz gut aus.

1 % Weiß nicht, keine Antwort.

Markant ist,

✓ dass das Ergebnis bei den Erwachsenen, die sich »ganz gut damit auskennen«, noch schlechter ausfällt als bei den Kindern und Jugendlichen und

✓ dass es immer noch so viele Kinder und Jugendliche gibt, die noch nie von den Kinderrechten gehört oder gelesen haben!

Na, weichen deine Zahlen stark davon ab, oder stimmen sie eher überein?

Think about it:

Nun wird es Zeit für deine eigene kleine Erhebung: Frage in den nächsten Tagen alle Leute, die du triffst, ob sie wissen, dass es die UN-Kinderrechtskonvention gibt, und führe in der Tabelle eine Strichliste (in Fünferpäckchen) über ihre Antworten.

Wenn sie mit »Ja« antworten, frage nach, ob sie die Kinderrechte nur dem Namen nach kennen oder tatsächlich wissen, welche Rechte in der UN-Kinderrechtskonvention stehen.

Wenn du die Seite mit den Strichlisten am Ende deiner Erhebung um 90 Grad drehst, kannst du wie bei einem Säulendiagramm das Ergebnis sehr leicht ablesen.

Frage: Weißt du, dass es eine UN-Kinderrechtskonvention gibt?

Antwort: »Nein«	
Antwort: »Ja«	

Bei »Ja« um Selbsteinschätzung bitten:

Kennt die Kinderrechte dem Namen nach	
Kennt sich sehr gut mit den Kinderrechten aus	

Kinderrechte in den Lehrplan?

Die vom Deutschen Kinderhilfswerk ermittelten Zahlen zeigen, dass da noch viel Luft nach oben ist. Der UN-Ausschuss hat Deutschland auch schon Tipps gegeben, wie man die Situation verbessern könnte, aber leider sind die Kinderrechte immer noch nicht verpflichtender Teil in den Bildungsprogrammen von Kitas, den Lehrplänen von Grundschulen und weiterführenden Schulen oder der Ausbildung von Erzieher*innen, Lehrkräften, Polizist*innen, Richter*innen, Ärzt*innen und vielen anderen, die mit und für Kinder und Jugendliche in Deutschland arbeiten.

Wenn sie hier zum Pflichtprogramm gehören würden, dann würden die Ergebnisse sicher anders ausfallen.

Leider hängt es immer noch sehr vom Zufall ab, ob man als Kind oder Jugendliche*r engagierte Erzieher*innen in der Kita oder später engagierte Lehrer*innen hat, die mal ein Projekt zu den Kinderrechten machen.

Friederike Terhechte-Mermeroglu (Lehrerin einer 6. Klasse): Kinder zu selbstbewussten und gleichzeitig empathischen Menschen zu erziehen, ist ein wesentlicher Bestandteil des pädagogischen Auftrags, wie ich ihn verstehe. Das geht nicht mit einer Einheit zum Thema Kinderrechte, die dann »abgeschlossen« ist – nein, es muss Grundlage des ganzen gemeinsamen Tuns sein. Wer bin ich? Was sind meine Freiheiten und was meine Grenzen, was sind meine Ängste? Und dann, wer bist du? Was ist Freiheit? Was brauche ich, und was ist für uns alle elementar? Schon die Kleinsten können sich dazu äußern und sehr genau benennen, was sie gerecht und was sie ungerecht finden. Das bestimmt den Umgang miteinander, im Unterricht, im außerschulischen Bereich und zu Hause. Demokratiebildung – und nichts anderes ist die Beschäftigung mit den Kinderrechten – kann gar nicht früh genug beginnen.

Oft sind es kleine Geschichten, die der Anfang von langen Gesprächen sind. Dann gibt es Bildimpulse wie die von Antje Damm zu den Kinderrechten. Oder auch aktuelle Nachrichten. Wir sehen fast täglich zum Unterrichtsbeginn LOGO Kindernachrichten vom Vorabend. Oder ich lese kurze Geschichten von Zackarina und dem Sandwolf von Åsa Lind.

Es geht immer wieder um Macht und Machtmissbrauch – durch einen Stärkeren, ob es ein älteres Kind, ein Erwachsener oder eine ganze Regierung ist.

Und es muss darum gehen, dass Kinder nicht vorgekaute Antworten wiedergeben. Kinderrechte sind ernst, sie sind elementar, sie sind unumgänglich. Ja, ich glaube, darum sind sie für meine Arbeit so wichtig.

Engagement lohnt sich!

Mehr und mehr wird das Thema Kinderrechte in Schulbüchern und Unterrichtsmaterialien aufgegriffen. Das hat sicherlich auch mit dem Engagement der stetig wachsenden Zahl von Kinderrechtsorganisationen, Kinderbüros und anderen Strukturen in den Städten und Gemeinden in Deutschland zu tun, die in Kitas und Schulen entsprechende Projekttage begleiten und dazu Materialien erstellen.

In der 19. Legislaturperiode des Deutschen Bundestages bis 2021 wurde zudem erstmalig ein Formulierungsentwurf für eine Aufnahme der Kinderrechte in das Grundgesetz auf den Weg gebracht. Mit dem Vorhaben, die Rechte von Kindern und Jugendlichen gemäß UN-Kinderrechtskonvention in unserem höchsten Gesetz zu benennen, hat die Frage nach der Teilhabe von Kindern und Jugendlichen in unserer Gesellschaft noch einmal ganz besondere Aufmerksamkeit in der Politik und auch in der öffentlichen Debatte bekommen. Und genau diese Hoffnung ist mit der schon Jahrzehnte alten Forderung »Kinderrechte ins Grundgesetz« verbunden: dass jede:r Bürger*in wenigstens schon einmal von den Kinderrechten gehört haben soll und dass auch alle Jurist*innen, Lehrer*innen und Sozialarbeiter*innen in ihrem Studium – das Grundgesetz gehört dort nämlich zu den Grundlagen – wissen, welche Menschenrechte Kinder und Jugendliche in Deutschland haben. Leider ist das Vorhaben gescheitert. Aufmerksamkeit für die Rechte von Kindern und Jugendlichen gemäß UN-Kinderrechtskonvention hat es aber dennoch viel gegeben.

Am Deutschen Bundestag gibt es übrigens auch einen sogenannten Unterausschuss, dessen Auftrag »die Wahrnehmung der Belange von Kindern« ist: die Kinderkommission. Auch wenn Kinder und Jugendliche in Deutschland nicht wählen dürfen, gibt es immerhin eine Interessenvertretung im Parlament. Das Besondere an der Arbeit dieses Ausschusses ist es, dass hier von jeder im Parlament vertretenen Fraktion ein:e Abgeordnete:r einen Sitz hat und diese alle gemeinsam über die Parteizwistigkeiten hinweg ihre Entscheidung »im besten Interesse von Kindern« fällen müssen. Und das Tolle ist: Das funktioniert sogar! Du kannst alle Stellungnahmen und Anhörungen der Kommission im Internet unter www.bundestag.de finden. Den genauen Link haben wir für dich in der Linkliste aufgenommen.

Es gibt mittlerweile sogar viele Menschen, die als Kinderrechte-Referent*Innen (also Menschen, die wissenschaftlich zu den Kinderrechten arbeiten) bei Verbänden, Vereinen, Universitäten und zum Teil sogar in Ministerien arbeiten. Und es gibt Master-Studiengänge zu den Kinderrechten in ganz Europa. Einer davon wird in Deutschland an der Fachhochschule Potsdam als internationaler Studiengang für Studierende aus der ganzen Welt angeboten.

Vielleicht trägst ja auch du zur Verwirklichung der Kinderrechte bei, indem du damit beginnst, die Erwachsenen in deinem direkten Umfeld oder aber auch andere Kinder und Jugendliche über die Kinderrechte zu informieren und / oder ihnen dieses Buch einfach weiterzuempfehlen?

Möglicherweise gibt es auch in deinem Stadtteil oder deiner Gemeinde ein Kinderbüro oder bei der oder dem Oberbürgermeister*in eine*n Kinderbeauftragte*n? Wenn du in Hessen oder Sachsen-Anhalt wohnst, dann kann ich dir verraten, dass es in deinem Bundesland sogar eine*n Landeskinderbeauftragte*n für Kinderrechte gibt, über die oder den du sicher erfahren kannst, wo in deinem Umfeld du dich für Kinderrechte starkmachen kannst. Andere Bundesländer wollen diesem guten Beispiel folgen. Den aktuellen Stand findest du unter: www.landkarte-kinderrechte.de. In manchen Ländern gibt es auch eine Kinderkommission im Landtag, wie beispielsweise in Niedersachsen und Bayern. Viele der Kinderrechtsorganisationen in Deutschland, wie beispielsweise das deutsche Komitee von UNICEF, bieten darüber hinaus die Möglichkeit an, sich für Kinderinteressen einzusetzen, zum Beispiel als »Juniorbotschafter*in« (https://www.unicef.de/juniorbotschafter).

Mathilde, 12 Jahre:

Dadurch, dass ich Kinderrechte kennengelernt habe, hat sich einiges in meinem Leben verändert. Ich kann meinen Eltern bei Streits

sagen, wann ich glaube, dass ein Kinderrecht nicht eingehalten wird. Ich sage jetzt schneller, dass ich ein Recht auf meine Meinung habe. Dadurch bin ich stärker geworden, und meine Eltern denken auch mal darüber nach.
*Außerdem erzähle ich meinen Freund*innen und Klassenkamerad*innen von Kinderrechten, und auch sie werden dadurch stärker. Viele wussten gar nicht, dass sie Rechte haben. Die Erwachsenen erzählen ihnen das zu Hause nicht. In der Schule wird jetzt auch darüber gesprochen, und meine kleine Schwester im Kindergarten hat das Thema auch schon gehört.*

Timon, 17 Jahre:
Ich werde in zwei Wochen 18, und dann gilt die UN-Kinderrechtskonvention nicht mehr für mich. Ich hätte mir gewünscht, dass ich schon vor ein paar Jahren so was über meine Rechte hätte lesen können.

Danke!

Mein ganz besonderer Dank gilt Chloé, Kascha, Mathilde, Melda, Timon, Piet sowie Mohammed Jouni und Friederike Terhechte-Mermeroglu, die mich darin beraten haben, dieses Buch zu konzipieren und zu schreiben. Und natürlich meinen lieben Kinderrechte-Mitstreiter*innen bei der Arbeit, die mich darin unterstützt haben, mein Skript kritisch gegenzulesen und wie das Deutsche Institut für Menschenrechte sogar Texte für den Abdruck bereitzustellen. Wirklich möglich geworden ist das Buch dann dadurch, dass meine Familie mir ein paar Tage freigegeben hat und ein lieber Bekannter mir dann noch seine Wohnung, nahe an einem Berliner Badesee, zur Schreibklausur zur Verfügung gestellt hat – Wolli, ich bin so dankbar für deine Gastfreundschaft!

Und dann gab es noch die ein oder andere Nacharbeit mit dem Dressler Verlag und insbesondere zusammen mit der Lektorin, Carla Felgentreff. Dieser gilt mein abschließender ganz besonderer Dank, insbesondere für ihre Unterstützung im Sinne der Beteiligungsrechte einer Autorin mit jugendlicher Beratungsgruppe.

Claudia Kittel
Berlin, August 2021

Linkliste

Die **amtliche Übersetzung der UN-Kinderrechtskonvention** findest du hier: https://www.bmfsfj.de/resource/blob/93140/78b9572c1bffdda3345d8d393acbbfe8/uebereinkommen-ueber-die-rechte-des-kindes-data.pdf

Zu den **Zusatzprotokollen zur UN-Kinderrechtskonvention**: https://www.institut-fuer-menschenrechte.de/das-institut/abteilungen/monitoring-stelle-un-kinderrechtskonvention/un-kinderrechtskonvention

Mehr Informationen zu den einzelnen **UN-Konventionen**, und wann Deutschland diese ratifiziert hat, findest du unter: https://www.institut-fuer-menschenrechte.de/menschenrechtsschutz/deutschland-im-menschenrechtsschutzsystem/vereinte-nationen/vereinte-nationen-menschenrechtsabkommen

Eine Übersicht aller **internationalen Tage und Jahre** findest du unter dem folgenden Link: https://unric.org/de/internationale-tage/

Hier kannst du nachschauen, warum es in Deutschland

mehrere **Kindertage** gibt: https://www.kindersache.de/bereiche/wissen/andere-laender/warum-gibt-es-den-kindertag-zweimal

Die Monitoring-Stelle UN-Kinderrechtskonvention des Deutschen Instituts für Menschenrechte hat einen 3-Minuten-Erklär-Film zum **Staatenberichtsverfahren** gemacht. Du findest ihn unter: https://vimeo.com/291865279

Den **Kinderrechtereport** selbst und viele Informationen zu dessen Entstehung kannst du unter folgendem Link finden: https://www.kinderrechtereport.de/

Welche Bundesländer eine*n Landeskinderbeauftragte*n haben, kannst du hier nachschauen: www.landkarte-kinderrechte.de.

Und hier findest du heraus, wie du UNICEF-Juniorbotschafter*in werden kannst: https://www.unicef.de/juniorbotschafter

Die Internetseiten der Kinderkommission des Deutschen Bundestages findest du unter folgendem Link: https://www.bundestag.de/kiko

Quellenverzeichnis

Janusz Korczak (2018): Wie man ein Kind lieben soll, hg. von Sabine Andresen, Göttingen.

Bundesministerium für Familie, Senioren, Frauen und Jugend (Hg.) (2018): Übereinkommen über die Rechte des Kindes. VN-Kinderrechtskonvention im Wortlaut mit Materialien, Berlin, abrufbar unter https://www.bmfsfj.de/resource/blob/93140/78b9572c1bffdda3345d8d393acbbfe8/uebereinkommen-ueber-die-rechte-des-kindes-data.pdf.

Deutsches Institut für Menschenrechte und Berliner Landeszentrale für politische Bildung (Hg.) (2020): Was sind Menschenrechte? 30 Fragen, Berlin. Auch online abrufbar unter: https://www.institut-fuer-menschenrechte.de/fileadmin/Redaktion/Publikationen/Unterrichtsmaterialien/Broschuere_Was_sind_Menschenrechte_-_30_Fragen.pdf.

Deutsches Kinderhilfswerk (Hg.) (2018): Kinderreport 2018. Eine Studie von Kantar im Auftrag des Deutschen Kinderhilfswerkes. Ergebnisse der repräsentativen Umfrage, abrufbar unter: https://www.dkhw.de/schwerpunkte/kinderrechte/kinderreport-2018-kinderarmut-in-deutschland/.

Deutsches Kinderhilfswerk / Deutsches Institut für Menschenrechte (Hg.) (2020): Daran soll sich deine Richterin oder dein Richter halten. 8 Regeln für das familiengerichtliche Verfahren, Berlin, abrufbar unter: https://www.dkhw.de/fileadmin/Redaktion/1_Unsere_Arbeit/1_Schwerpunkte/2_Kinderrechte/2.19_Kindgerechte_Justiz/Broschuere_Kinderrechtsbasierte_Kriterien_final.pdf.

Europarat (Hg.) (2012 / 2015): COMPASS – Manual for Human Rights Education with Young People. Eine deutschsprachige Ausgabe wurde vom Europarat zusammen mit dem Deutschen Institut für Menschenrechte, der Bundeszentrale für politische Bildung und dem Zentrum für Menschenrechtsbildung der pädagogischen Hochschule Luzern 2020 als Onlinehandbuch herausgegeben: Kompass – Handbuch zur Menschenrechtsbildung für die schulische und außerschulische Bildungsarbeit, abrufbar unter: https://www.institut-fuer-menschenrechte.de/fileadmin/user_upload/Publikationen/Kompass/Kompass_Handbuch_zur_Menschenrechtsbildung.pdf.

Grüning, M., Martschinke, S., Häbig, J. & Ertl. S. (2021): Mitbestimmung von Kindern – Grundlagen für Unterricht, Schule und Hochschule, Weinheim.

Kittel, Claudia (2020): Drei Jahrzehnte UN-Kinderrechtskonvention, in: Aus Politik und Zeitgeschichte 20 / 2020, zuletzt abgerufen unter: https://www.bpb.de/apuz/309085/drei-jahrzehnte-un-kinderrechtskonvention.

Monitoring-Stelle UN-Kinderrechtskonvention (2017): Titelliste der Artikel von Teil I der UN-Kinderrechtskonvention, herausgegeben als Klebezettel-Block.

UN-Ausschuss für die Rechte des Kindes (2014): Abschließende Bemerkungen des VN-Ausschusses für die Rechte des Kindes zum gemeinsamen 3. und 4. periodischen Staatenbericht Deutschlands, abrufbar in einer deutschen Arbeitsfassung unter: https://www.institut-fuer-menschenrechte.de/fileadmin/Redaktion/PDF/DB_Menschenrechtsschutz/CRC/3._4._Staatenbericht/CRC_Staatenbericht_DEU_3_4_ConObs_2014.pdf.

UNICEF (2021): Jeder dritte Schüler weltweit ohne Unterricht. Pressemeldung vom 03.03.2021, abrufbar unter https://www.tagesschau.de/ausland/kinder-bildung-coronakrise-101.html.

I KNOW MY RIGHTS

Datum Unterschrift